LES

ÉTAPES DU CŒUR

POÉSIES INTIMES

PAR

EUTROPE LAMBERT

AVEC UNE PRÉFACE

DE L. LAURENT-PICHAT

PARIS

RENAUD, ÉDITEUR, 14, RUE JACOB

1866

LES ÉTAPES DU CŒUR

LES
ÉTAPES DU CŒUR

POÉSIES INTIMES

PAR

EUTROPE LAMBERT

AVEC UNE PRÉFACE

DE L. LAURENT-PICHAT

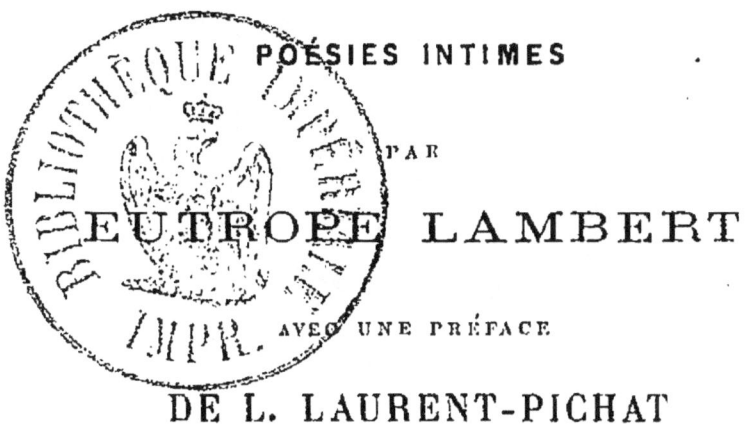

PARIS

RÉNAUD, ÉDITEUR, 14, RUE JACOB

—

1866

PRÉFACE

A petit volume, courte préface ; au sylphe,
le printemps.

Le nom de Dovalle figure dans ces pages,
dont il inspire la grâce et dont il est le vrai
patron. On sait que Charles Dovalle laissa
un cahier de vers qui fut publié en 1830.

Dovalle mourut à vingt-deux ans, tué en
duel ; son souvenir est resté. Il est comme
l'un des premiers papillons de la jeune saison
romantique.

M. Eutrope Lambert dédie son livre aux
jeunes filles. Il aime la poésie auprès des
fleurs et auprès des femmes. Il pourrait
adopter pour devise cette phrase de Diderot :

« Quand on écrit des femmes, il faut tremper sa plume dans l'arc-en-ciel et jeter sur sa ligne la poussière des ailes du papillon ! »

L'inspiration de M. Eutrope Lambert est charmante et fragile ; son goût est coquet. Il aime la rose, comme le poëte persan ; et bourdonne d'amour tout doucement autour des calices.

Il existe certainement d'autres inspirations que celle de M. Eutrope Lambert, de même qu'il y a d'autres saisons que le printemps.

Mais nous commençons la vie et l'année. Ce sont les premiers chants, les premières feuilles, les premiers rêves, le premier volume si difficile à baptiser ; car les *Étapes du cœur* peuvent être considérées comme la seconde partie du livre publié déjà par M. Eutrope Lambert, les *Feuilles de rose*. La fleur d'abord, puis le sentiment. C'est juin qui commence succédant à mai.

La jeunesse inspire des défiances à certains esprits ; c'est toujours la même chose, semble-t-on dire.

L'expérience, sous toutes ses formes, maturité ou corruption, repousse cette chère fleur comme inutile. Heureux celui qui peut la cueillir, la fixer et la placer, comme un signet et comme un souvenir, entre deux bonnes pages de sa vie !

Le temps s'écoule ; les saisons froides arrivent, et la muse ressemble alors à la vieille femme dont parle le poëte allemand Grün :

« J'ai une vieille tante, dit-il, qui possède un vieux livre, et dans ce vieux livre il y a une vieille feuille sèche. Tout aussi sèches sont les mains qui la cueillirent jadis au printemps. Qu'a-t-elle donc à pleurer, ma vieille tante, toutes les fois qu'elle regarde la feuille sèche ? »

Mais la muse de M. Eutrope Lambert n'en est pas là. C'est un bouquet vivant qu'il nous présente, et nous le remercions de nous en avoir donné le premier parfum.

L. LAURENT-PICHAT.

22 février 1865.

AUX

JEUNES FILLES

*
* *

A vous, mes chères belles, ce livre des ÉTAPES DU
COEUR. C'est un livre incolore comme ma vie, un livre
qui ne dit presque rien ; et pourtant, je suis sûr que
vous l'accueillerez avec vos plus gracieux sourires.
Vous êtes si bonnes et si gentilles !

Rien n'est doux au cœur du poëte comme cette sym-
pathie des jeunes filles. Il semble que ses poésies sont
plus harmonieusement douces, plus vraies et plus
pleines de parfums et d'amour pur, alors qu'elles ont
été lues par de jolis yeux, ou qu'elles ont fait rêver une
jeune âme, — ne fût-ce que pendant une seconde. — Il
aime, le pauvre rêveur, à savoir ses strophes dans les
petits tiroirs qu'on ouvre souvent, dans les petits tiroirs
où se serrent les broderies, les chiffons, les lettres ché-
ries. Il ne désire pas pour ses vers les puissantes ailes
qui portent à l'immortalité, mais bien ces ailes déli-

1.

cates et légères comme des fils de la Vierge, dont l'essor est timide et s'arrête aux cœurs de vingt ans ! En un mot, il veut ses lecteurs dans cette belle partie de la société qui rit et chante, et dont la devise est : GRACE, INSOUCIANCE, ESPOIR !

Chères belles, acceptez donc mon livre ; il a été écrit pour vous.

EUTROPE LAMBERT.

Jarnac (Charente), 10 février 1866.

I

QUINZE ANS

A AUGUSTE MARTIN

Quinzo ans! l'âge céleste...
A. DE MUSSET.— Rolla.

Quand j'eus quinze ans, le ciel bleu dans mon âme
Laissa tomber un de ses rayons d'or;
Mon cœur s'ouvrit sous l'effluve de flamme,
Et puis garda l'amour comme un trésor.

Pourquoi faut-il que le bonheur s'achève
Comme un beau jour qui brusquement s'enfuit;
Que le réveil brise un céleste rêve,
Et qu'aux rayons tu succèdes, ô nuit!...

18 avril 1864.

MES CONFIDENCES

A MON AMI ÉLIE THOMAS

> O femme! étrange objet de joie et de supplice !
> ALFRED DE MUSSET. — Rolla.

> J'étais ivre d'une femme :
> Mal charmant qui fait mourir ;
> Hélas ! je me sentais l'âme
> Touchée et prête à s'ouvrir.
> V. HUGO.— Chansons des rues.

J'ai brûlé mon encens aux pieds d'une statue.
Que veux-tu? Le poëte à chanter s'évertue :
Il accorde son luth pour la vierge à l'œil noir,
Pour la vierge à l'œil bleu, pour l'aube et pour le soir ;
Et puis, s'il a trouvé dans le fond de son âme
Un pur rayon d'amour qui bientôt devient flamme,
Celle qui dans son être entretient ce doux feu
Est « un présent du ciel, un chef-d'œuvre de Dieu ! »
Souvent, ses plus beaux vers sont pour une momie,
Pour une âme insensible en un corps endormie.
Mais qu'importe, l'amour est un livre menteur
Que le poëte lit avec les yeux du cœur !

Tu connais les transports de mon âme en délire ;
Tu sais pour qui je chante et pour qui je soupire :
Son nom, c'est le plus doux qu'on puisse imaginer ;
Et sa bouche, une abeille y pourrait butiner !
Son regard fait rêver de mille folles choses.
Créature pétrie et de lys et de roses,
Elle possède tant ce charme qui séduit
Qu'on y pense le jour et qu'on pleure la nuit !...
Aussi pouvais-je, moi, qui chante la nature,
Moi, qui dois un tribut à toute vierge pure,
Laisser sans l'admirer passer la brune enfant
Et dans mon âme en feu t'enchaîner, ô mon chant !
Non ; c'était une chose impossible, et ma lyre
S'est parée aussitôt de son plus beau sourire ;
Puis, ses cordes vibrant sous un souffle insensé,
Elle a redit à tous ce que j'avais pensé !...

Lyre indiscrète, va. — Mais c'était plus fort qu'elle !
Sans cesse elle chantait : Oh ! combien elle est belle !
Et puis elle mêlait aux chansons des oiseaux,
Au murmure de l'eau sous les pliants roseaux,
A la brise du soir animant le platane,
A tout elle mêlait ce doux nom de Suzanne !

— O Dieu ! j'ai prononcé ce nom cher et cruel
Qui tantôt m'enlevait aux régions du ciel,
Et tantôt, me laissant mourir dans mon délire,
Me montrait mon néant sans cesser de sourire...

Tu l'as dit.— J'étais fou, car dans ma sombre nuit
Son regard éclairait comme un astre qui luit.
Son nom seul — nom divin qu'avec amour j'épelle —
Me faisait frissonner de bonheur ! — Bagatelle.
L'insouciante enfant ne pensait pas à moi,
Et j'ai toujours chanté pour la Prusse et son roi !...

20 mai 1864.

III

AMOUR MATERNEL

A MADAME SOPHIE DELAMAIN

> L'humble chambre a l'air de sourire.
> V. HUGO. — Chansons des rues.

Il fait froid... au dehors la neige tombe drue
Et de son blanc tapis bientôt couvre la rue.
La jeune mère est là, tout près de son enfant,
Et sa chanson se mêle au murmure du vent.
Pourtant dans l'âtre morne aucun feu ne pétille,
Le réduit est mal clos ; — mais le petit babille,
Et la mère se croit dans un salon doré,
Car elle entend la voix de son fils adoré !...

Cette voix, c'est le feu qui réjouit son être ;
C'est l'oiseau de printemps qui chante à la fenêtre !

10 juin 1864.

PRIÈRE DU SOIR

A MADEMOISELLE MARIA GAY

> C'est l'heure où les enfants parlent avec les anges...
> L'enfant dans la prière endort son jeune esprit.
>
> V. HUGO.

Déjà la nuit de ses longs voiles
Couvre les champs et les cités ;
Le firmament est plein d'étoiles
D'où pleuvent de molles clartés.

C'est l'heure où les voix séraphiques
Chantent la gloire du Seigneur ;
C'est l'heure où les fronts angéliques
Se prosternent avec ferveur.

C'est l'heure où les petites filles
Rassemblent leurs mignonnes mains ;
L'heure où des cieux dans les familles
Descendent les blonds chérubins...

— « Enfant, l'heure de la prière
Vient de sonner au vieux clocher :
Demandons à Dieu, notre père,
La grâce de ne plus pécher ! »

— « Mère, il a fait les fleurs et l'oiseau qui sautille ;
Il a fait le soleil aux rayons si brillants,
Il a fait le ruisseau qui court et qui babille ;
Prions-le, car tu dis qu'il bénit les enfants ! » —

Alors on entendit dans la pauvre cabane
Un murmure de voix d'ineffable douceur,
Et dans ce chant de l'âme, encens divin qui plane,
On sentait s'exhaler l'amour du Créateur !

Bientôt tout s'éteignit dans un profond silence.
Le dernier bruit fut le bruit d'un baiser ;
Et la mère et l'enfant dormirent sans défense :
N'avaient-ils pas un Dieu pour les garder !...

23 juin 1864.

V

MARIE

A AIMÉ MAILLART

> Son cœur palpitait comme l'aile
> D'un jeune oiseau.
>
> V. HUGO.— Contemplations.

Je n'ai fait qu'entrevoir son radieux visage :
Ce fut par un beau soir d'harmonie et d'amour ;
Lara s'en revenait d'une lointaine plage,
Et *Kaled*, regrettant les fleurs de son rivage,
Demandait la patrie aux échos d'alentour.

Elle était près de moi, tout près, car son haleine
Jetait dans mes cheveux un parfum pénétrant ;
Mes regards ne voyaient que ses longs cils d'ébène,
Et dans mon âme émue, enchantée et sereine,
Vibrait comme un accord des chansons d'Orient.

Marie, éblouissante et gracieuse fille,
Souriait doucement en regardant sa main ;

L'éventail fatigué dormait sur sa mantille.—
Oh ! ne verrai-je plus son œil noir qui scintille
Et cette émotion qui soulevait son sein ?...

Il est de ces instants où la vie est jetée
Qui sont remplis d'azur, de fleurs et de rayons ;
Pays bénis du ciel où l'âme est transplantée,
Et qui font oublier la terre dévastée,
Le désert, où l'ennui ricane en ses haillons.

Ainsi je fus heureux, heureux pendant une heure,
Heureux de l'admirer et d'entendre sa voix !
Je l'ai quittée, hélas ! mais quand parfois je pleure,
Son souvenir revient, son doux regard m'effleure,
Et je m'en vais rêver au fond de mes grands bois !

14 septembre 1864.

MARIAGE

A MADEMOISELLE ALINE ARNAL.

> L'amour repose au fond des âmes
> pures, comme une goutte de rosée
> dans le calice d'une fleur.
>
> LAMENNAIS.
>
> Le pêcheur a la barque où l'espoir l'accompagne,
> Les cygnes ont le lac, les aigles la montagne,
> Les âmes ont l'amour !
>
> V. HUGO. — Chants du crépuscule.

Le piano chantait sous une main savante ;
L'orgue à ses doux accents mêlait sa voix puissante
    Qui vibrait dans les cœurs.
Ils étaient à genoux sur la dalle sacrée,
Et l'époux souriait à l'épouse adorée
    Que couronnaient des fleurs.

Amour, ton chaud regard brillait dans ces deux âmes ;
Les célestes rayons que projettent tes flammes
    Éclataient dans leurs yeux !

Et pendant qu'ils priaient la suave harmonie
Montait comme un parfum d'allégresse infinie
Pour implorer les cieux !

20 septembre 1864.

AUX PETITS OISEAUX

A MADEMOISELLE MARGUERITE DELAMAIN

> L'oiseau sur la branche flexible
> Soupire ses chants amoureux.
>
> ELISA MERCOEUR.

Petits oiseaux qui posez sur les branches
Vos pieds mignons par la brise effleurés,
Chantez, vos jours sont d'éternels dimanches ;
   Chantez les fleurs dans les grands prés !

A vous les champs, l'air embaumé, l'espace,
Le ciel d'azur, les nuages rosés ;
A vous, chanteurs, ce beau soleil qui passe
   Avec des rayons irisés.

A vous aussi ce feuillage qui tremble,
Ces longs roseaux qui se penchent sur l'eau,
Ces nids de mousse où le soir vous rassemble ;
   A vous les vieux toits du hameau.

2

C'est l'Éternel qui peignit sur vos ailes
Tous ces festons aux chatoyants reflets ;
C'est l'Éternel, ô créatures frêles !
   Qui vous préserve des filets.

  C'est lui dont la bonté puissante
  Fit pour vous les sentiers ombreux ;
  C'est lui dont la voix caressante
  Est dans la brise et dans les cieux...

  C'est lui qui donne la pâture
  Qui nourrit vos chers oisillons ;
  C'est lui qui créa la ramure
  Pour vos amoureuses chansons.

Louez Dieu, créateur des choses
Que vous aimez, petits oiseaux ;
Louez Dieu, créateur des roses
Qui croissent le long des ruisseaux !

27 septembre 1864.

VIII

LA FOI

A VICTOR HUGO

La Foi, c'est un rayon sublime
Qui réchauffe l'âme et le cœur,
Un feu céleste qui ranime
Les corps glacés par le malheur.
La Foi, c'est la pensée austère,
L'ange de Dieu qui dit : Espère !
C'est l'Amour, c'est la Charité :
La Foi renferme tout en elle ;
Ne craignez point qu'elle chancelle,
Car sa base est la Liberté !

9 octobre 1864.

IX

MES DERNIERS VERS A SUZANNE

> Elle va être à lui!
> ALPHONSE KARR.

Soyez heureuse , ô vous que j'aime follement !
N'écoutez pas celui qui pleure tristement
    Ses illusions déchirées ;
Laissez le pauvre fou conter sa peine aux nuits :
Dans le sein des langueurs aux mystérieux bruits
    Goûtez les ivresses dorées!...

17 octobre 1864.

ÉLISE

A MADEMOISELLE ALICE RANSON

> J'ai amiete
> Sadete
> Blondete
> Telz com je voloie.
> CHANSON DU VIEUX TEMPS.

Dans les feuillages du bois,
Un jour, j'entendis la brise
Qui, de sa plus douce voix,
Soupirait : Élise, Élise...
Et depuis ce jour voilà
Que je cours par-ci, par-là
Traînant mon âme en démence ;
Et ce nom vibre toujours
Comme un carillon d'amours
Dans les nuits et le silence...

— « Je l'aime, a chanté mon cœur,
« Je l'aime et ne veux le dire :

« Le vieux monde est si moqueur
Que l'amour pur le fait rire. » —
Mon cœur, garde ton secret ;
Car le vieux monde rirait !
Et vous, ma gentille Élise,
— J'irai m'asseoir dans les bois, —
Laissez courir votre voix
Sur les ailes de la brise !...

25 octobre 1864.

ANGOISSES

Mourante ! et je riais, et je chantais encore,
Sans un pli sur le front, sans un remords au cœur,
Et j'étais gai !... Mon Dieu ! pour elle je t'implore ;
Prends en pitié mon âme, et finis sa douleur !

Oh ! mourante !... Élisa ! mon ardente pensée,
Ma sainte poésie et mon calme univers !
Mourante ! et je ne puis, de ma lèvre glacée,
    Que murmurer de tristes vers...

Car j'aime son regard voilé par la tristesse ;
J'aime son front d'opale aux grands sillons d'azur ;
J'aime son maintien chaste et la douce caresse
    De son sourire tendre et pur.

Oh ! par un doux sommeil engourdis sa souffrance ;
Fais que demain s'éveille au radieux espoir !

Seigneur, protége-la, protége son enfance,
Et détourne de moi ce lambeau de drap noir!...

16 janvier 1865, dix heures du soir.

LES GRACIEUSES

TRIOLETS

A ÉLISE M***

Élise est une douce fille,
Une suave et tendre fleur.
Ange de grâce et de candeur,
Élise est une douce fille
Qui ne sait pas qu'elle est gentille
Et qu'elle fait battre le cœur.
Élise est une douce fille,
Une suave et tendre fleur !

A ***

Blonde enfant, qui cours la prairie
Pour cueillir des bouquets de fleurs,
Oh ! pourquoi ris-tu de mes pleurs,
Blonde enfant, qui cours la prairie ?

C'est donc peu, ta gerbe fleurie?
Tu veux encor glaner des cœurs,
Blonde enfant qui cours la prairie
Pour cueillir des bouquets de fleurs.

A LÉONIE F***

Quand tes doigts au clavier sonore
Jettent l'harmonie et l'amour,
Je pleure et souris tour à tour.
Quand tes doigts au clavier sonore
Jettent des chants plus doux encore,
Je me sens frémir tout un jour,
Quand tes doigts au clavier sonore
Jettent l'harmonie et l'amour!

A MARIE M***

Oh! vous êtes belle, Marie,
Comme l'aurore d'un beau jour.
Et vos regards parlent d'amour.
Oh! vous êtes belle, Marie,
Comme les fleurs de la prairie,
Comme le printemps de retour:
Oh! vous êtes belle, Marie,
Comme l'aurore d'un beau jour!...

A NATHALIE M***

Quand je rêve de l'Italie
Ou des splendeurs de l'Orient,
Je pense à ton front souriant.
Quand je rêve de l'Italie,
Je te demande, ô Nathalie !
A mon nuage chatoyant.
Quand je rêve de l'Italie,
Je pense à ton front souriant !

A ALINE A***

Enfant gracieuse et modeste,
Ton sourire est charmant et pur,
Et tes rêves sont pleins d'azur.
Enfant gracieuse et modeste,
L'âme, sous ton regard céleste,
Déchire un coin du voile obscur :
Enfant gracieuse et modeste,
Ton sourire est charmant et pur !

A MATHILDE T***

Salut ! salut ! ma fée aimable,
Mon rayon, mon âme, ma foi !
Mathilde, oh ! ma pensée est toi !

3

Salut! salut! ma fée aimable!
T'aimer — bonheur inexprimable —
Voilà toute ma vie, à moi.
Salut! salut! ma fée aimable,
Mon rayon, mon âme, ma foi!

XIII

NUIT D'HIVER

TO MY DEAR PAUL ROULLET

> Je sens comme un nuage
> Qui s'étend sur ma tête, et me glace en passant...
> CHARLES DOVALLE.

Le vent glacé gémit dans la ramure.
Où sont allés tous les petits oiseaux ?
Qu'est devenu l'harmonieux murmure
Qu'on entendait, le soir, dans les roseaux ?
Les bois n'ont plus d'ombre mystérieuse ;
La terre, hélas ! est veuve de ses fleurs.
Oh ! reviens-nous, saison délicieuse ;
Chasse bien loin l'hiver et ses torpeurs.

Quand le printemps au radieux sourire
Jette partout sa vie et ses rayons,
Le chant joyeux s'envole de la lyre,
Et le coteau dépouille ses haillons.

Dans les bosquets, la candide amoureuse
Va promener ses rêves enchanteurs.
Oh ! reviens-nous, saison délicieuse ;
Chasse bien loin l'hiver et ses torpeurs.

L'espoir revient avec les hirondelles,
Le nid douillet s'accroche aux vieilles tours,
Le cœur est chaud, l'âme ardente a des ailes,
Les tièdes nuits succèdent aux beaux jours.
Dans les grands bois et sous la voûte ombreuse
L'air est tout plein de folâtres chanteurs.
Oh ! reviens-nous, saison délicieuse ;
Chasse bien loin l'hiver et ses torpeurs.

18 janvier 1865, minuit.

XIV

A MADEMOISELLE MARIE DE VALSAYRE

APRÈS LA MORT DE SA MÈRE

> Notre espérance n'est pas ici-bas,
> ni notre amour non plus; ou, s'il y
> est, ce n'est qu'en passant.
>
> LAMENNAIS. — Paroles d'un Croyant.

Oh ! puisque Dieu l'a rappelée,
Pourquoi vous lamenter si fort ?
L'âme absente s'est envolée
Vers l'azur du céleste port...

Je sais que le cœur a des larmes
Pour pleurer les parents perdus ;
Mais pourquoi mêler les alarmes
Aux chants de fête des élus ?

Et quand votre mère, ô Marie !
Vient de franchir le divin seuil,
Pourquoi votre âme endolorie
Veut-elle s'entourer de deuil?

La vie est un pèlerinage
Tout rempli de sentiers pierreux :
Un océan vaste où surnage
Tout un monde de malheureux.

Mais pour endormir la souffrance
Qui torture le cœur humain,
Dieu donne la sainte espérance
Qui sourit au bout du chemin !...

20 janvier 1865.

TRIOLETS

A EMILIO FAVRAUD

J'aime à chanter quand vient le soir :
C'est l'heure des voix inspirées.
Sur les collines empourprées,
J'aime à chanter quand vient le soir.
L'âme, alors, sourit à l'espoir
Et suit des routes éthérées ;
J'aime à chanter quand vient le soir :
C'est l'heure des voix inspirées !

19 mars 1865.

*
* *

Mes oisillons sont revenus
Dans le grand amandier qui penche.
Ils se becquettent sur la branche ;
Mes oisillons sont revenus.

Et moi qui les croyais perdus,
Ces étourdis à la voix franche !
Mes oisillons sont revenus
Dans le grand amandier qui penche.

26 mars 1865.

SALUT AU PRINTEMPS

A MADEMOISELLE MATHILDE THOMAS

> A présent tout sourit : et la mouche brillante
> Qui se balance là sur des ailes d'azur,
> Et les touffes de mousse, et l'herbe verdoyante
> Qui point timidement dans les fentes du mur.
>
> CHARLES DOVALLE.

Le soleil verse à flots la lumière et la vie ;
Les jours tristes s'en vont avec les mauvais temps.
Les prés sont peints en vert, la nature est ravie ;
Le murmure de l'eau chante le gai printemps...

    O printemps ! gracieuse fée,
    O dictame réparateur !
    Par toi mon âme est réchauffée ;
    Et comme en son germe étouffée
    A ton regard fond la douleur !...

    Le ciel est bleu, la brise est douce,
    L'air est plein du chant des oiseaux ;

L'insecte est content dans sa mousse,
Et l'essaim des blonds enfants pousse
Sur la pelouse les cerceaux.

Partout c'est l'espoir qui s'éveille ;
Partout c'est un rayon qui rit :
C'est le papillon, c'est l'abeille,
C'est la fleur suave et vermeille,
C'est la couvée au fond du nid.

Le soleil verse à flots la lumière et la vie ;
Les jours tristes s'en vont avec les mauvais temps.
Les prés sont peints en vert, la nature est ravie ;
Le murmure de l'eau chante le gai printemps !

5 avril 1865.

XVII

MARTHA

ROMANCE

A F. PASSEMARD

Une, pâle, égarée, en proie au noir délire...
V. HUGO. — Orientales.

Sous les grands arbres de la rive,
J'ai vu Martha la fugitive
    Se promener.
Son regard cherchait une étoile;
Et, dans la nuit, j'ai vu son voile
    Se dessiner.

Le vent bruissait dans les branches;
Son souffle inclinait les pervenches
    Et les roseaux.
Martha, l'œil fixe, errait dans l'ombre,
Et le grand fleuve roulait sombre
    Ses froides eaux...

Sous les grands arbres de la rive,
J'ai vu Martha la fugitive
    Prier le ciel ;
Puis dénouer ses tresses blondes
Et disparaître sous tes ondes,
    Fleuve cruel !

10 avril 1865.

LA VOIX DES FEUILLES

IDYLLE

A BOUÉ DE VILLIERS

> A l'abri de ce tremble,
> Propice au rendez-vous,
> Viens, nous serons ensemble,
> Loin des regards jaloux !
>
> ***

Dedans l'allée ombreuse
Qui mène au vieux manoir,
Brunette la fileuse
S'en alla certain soir.
Du ruisseau l'onde pure
Courait sous la verdure,
Soupirant sa chanson ;
Et la sombre ramure
Mariait son murmure
A la voix du pinson.

Un page à la fileuse
Avait dit tout le jour :
«—Viens dans l'allée ombreuse,
« Nous parlerons d'amour. »
Sous l'humble collerette,
Le cœur de la pauvrette
Battait bien fort, hélas !
Et, bien longtemps, Brunette
Attendit inquiète ;
Mais l'ingrat ne vint pas !...

Dedans l'allée ombreuse
Qui mène au vieux manoir,
Brunette la fileuse
S'en alla certain soir.
On dit que le feuillage
Garda de son passage
Un si grand souvenir,
Que lorsqu'un vent d'orage
Passe, il bruit : «—Beau page,
« Ne vas-tu pas venir ? »

15 mai 1865.

XIX

ANNIVERSAIRE FUNÈBRE

J'ai vu sous le soleil tomber bien d'autres choses
Que les feuilles des bois et l'écume des eaux,
Bien d'autres s'en aller, que le parfum des roses
Et le chant des oiseaux !

A. DE MUSSET. — Souvenir.

J'aime les vierges maladives ;
Elles semblent rêver des cieux.
J'aime les démarches craintives
Des jeunes filles aux grands yeux.

J'aime les fronts où se voit l'âme,
Les regards tristes et penchés ;
J'aime les sourires sans flamme
Et les tertres de fleurs jonchés...

J'aime cette main blanche et douce
Où courent des veines d'azur ;
Ce corps que la moindre secousse
Ferait crouler comme un vieux mur.

Pourquoi ? — mystérieux problème ! —
En vain je vois mai refleurir,
Je suis toujours triste et je n'aime
Que les êtres nés pour souffrir...

18 mai 1865.

LOLOTTE

A ELLE

Echo de vos amours, votre chanson naïve
Semble prendre sa source et ses accords aux cieux :
C'est l'air frais du matin qui caresse la rive,
C'est du printemps en fleur l'appel mystérieux!

***

Mimi Pinson porte une rose,
Une rose blanche au côté ;
Cette fleur dans son cœur éclose,
Landerirette !
C'est la gaîté.

A. DE MUSSET.

Lolotte est une aimable fille,
Un petit chérubin d'amour ;
Son regard est vif et scintille,
Et sa voix chante tout le jour.
Son petit pied effleure à peine
Le sol qui fuit en tournoyant,
Quand le bal — ce plaisir de reine —
L'emporte en son vol délirant.

Mignonne est sa taille pincée,
Piquant est son air sans façon :
On peut lire dans sa pensée
Rien qu'en écoutant sa chanson.
Les oiseaux, les fleurs, les prairies,
Le doux ami qui la vient voir :
Voilà les chères rêveries
Que son âme endort chaque soir.

Sous sa guimpe simple et blanchette,
La grâce a caché des attraits,
Et les recoins de sa chambrette
Sont tout pleins d'innocents secrets.
La nuit, un beau rêve bien tendre
Bruit dans son rideau tremblant ;
Et Lolotte, pour mieux l'entendre,
S'éveille et sourit doucement.

9 juillet 1865.

XXI

A ELLE

La beauté c'est le front, l'amour c'est la couronne :
Laisse-toi couronner !

***

Heureux qui peut aimer, et qui, dans la nuit noire,
Tout en cherchant la foi, peut rencontrer l'amour !
Il a du moins la lampe en attendant le jour.
Heureux ce cœur ! aimer, c'est la moitié de croire.

V. HUGO. — Chants du Crépuscule.

La grâce et la candeur ont nimbé ton beau front.
Oh ! je le vois, bientôt tes grands yeux aimeront
    A chercher parmi les étoiles ;
Car ton cœur dit tout bas un chant mystérieux ;
Ce chant à la fois simple, idéal, gracieux,
    Que cache l'âme sous ses voiles !...

Je lis dans ton regard un amour chaste et pur :
Un amour tout rempli de rayons et d'azur,
    Tout plein de fleurs et d'espérance.
Un nom te rend joyeuse et triste tour à tour ;
Jeune fille, à qui donc penses-tu tout le jour,
    Et que rêve ton innocence ?

Il était donc bien beau quand tu l'as rencontré?
Il était donc bien beau, cet heureux adoré,
    Que tu vois partout dans ta route?
Est-ce un poëte, dis, douce vierge aux yeux noirs?
Aime-t-il les oiseaux qui remplissent les soirs
    De concerts que la brise écoute?...

. . . .

Oh! si c'était pour moi, tous ces rêves d'amour,
Ces rêves que tu fais, Mathilde, en ton séjour,
    Seule avec ta pensée intime;
Je serais fou d'orgueil, d'ivresse et de bonheur,
Et cet ardent baiser dégagerait mon cœur
    De la douleur qui le comprime!

14 septembre 1865.

XXII

PRIÈRE

Je te fais une prière :
Que j'aie un regard de toi !

CH. DOVALLE.

Oh ! do not break my heart !

Laissez-moi vous aimer, ô vous ! mon espérance ;
    Ne me repoussez pas.
Mathilde, laissez-moi vous aimer en silence ;
    Mon cœur battra tout bas !...

Laissez-moi vous aimer, car mon humble chambrette
    Est triste tout le jour ;
Mathilde, donnez-moi, pour parer la pauvrette,
    Un chaud regard d'amour.

Laissez-moi vous aimer, ô vous ! ma jeune belle,
    Mon ange gracieux !
Laissez-moi vous aimer : à l'ombre de votre aile,
    On est si près des cieux !...

29 septembre 1865.

JE N'IRAI PLUS

Sur ce banc, d'où ma bien-aimée
Livre sa tresse parfumée
Aux molles caresses du soir,
Je n'irai plus, l'âme ravie,
Cueillir les roses de la vie :
Oh ! non, je n'irai plus m'asseoir !

Je n'irai plus, car son sourire
Est plus doux qu'on ne pourrait dire ;
Car l'amour chante en ses grands yeux.
Je n'irai plus, car mon cœur ploie,
Et que ce serait trop de joie
    Si loin des cieux !...

6 octobre 1865.

XXIV

JE L'AIMAIS !

Je n'aimais qu'elle au monde, et vivre un jour sans elle
Me semblait un destin plus affreux que la mort...

O toi qui sais aimer ! réponds, chantre d'Elvire,
- Comprends-tu que l'on parte et qu'on se dise adieu ?
Comprends-tu que ce mot, la main puisse l'écrire,
Et le cœur le signer, et les lèvres le dire,
Les lèvres, qu'un baiser vient d'unir devant Dieu ?

Non, je n'étais pas né pour ce bonheur suprême
De mourir dans ses bras et de vivre à ses pieds !. .

ALFRED DE MUSSET.

Je l'aimais, et ma vie était pleine de fleurs !
Ma couche n'était plus humide de mes pleurs ;
    Mes rêves avaient des sourires.
L'avenir se brodait d'arabesques d'azur ;
Ma mansarde était gaie et mon ciel était pur :
    J'étais tout d'amoureux délires !

Et pourtant, un beau jour, ce grand amour s'est tu ;
Et depuis ce jour-là mon cœur n'a point battu
    Au bruit de sa marche pressée ;
J'ai vu dans mes yeux bleus se mirer ses yeux noirs,
Et je me suis assis près d'elle tous les soirs
    Sans l'enfermer dans ma pensée.

4

Ah ! c'est que mon amour est frêle et délicat ;
Le moindre vent jaloux le terrasse et l'abat,
            Un rien le fait changer de route.
........est un trésor ; mais tous ces beaux gandins
Qui lui prodiguent tant de compliments badins
            Ont mis l'idéal en déroute !...

24 décembre 1865.

XXV

POURQUOI?

A EUTROPE LAMBERT

APRÈS LA LECTURE DE SA PIÈCE : ANNIVERSAIRE FUNÈBRE

Pourquoi préférer, doux poëte,
Au front souriant, radieux
De mainte gente bachelette
Certains airs tristes, soucieux ?

Pourquoi, pour un rire sans flamme,
Cher ami, laisser de côté
Les regards aimants d'une femme,
Pour nous remplis d'affinité ?

Pourquoi sourire aux tristes choses
Plutôt qu'aux nuptiaux apprêts ?
Aux vermeilles et fraîches roses
Pourquoi préférer le cyprès ?

Il vous faut résoudre, quand même,
Ce « problème mystérieux » :
Il est ici-bas, qui vous aime,
Une belle enfant aux doux yeux.

La vie est une lutte où le plus fort succombe ;
Bannissons le souci,
Et sans crier merci
Franchissons le sentier qui nous mène à la tombe!

EMILE MAHEUT.

Louviers, 11 décembre 1865.

RÉPONSE

A ÉMILE MAHEUT

> Nous avons tous de ces dates funèbres.
>
> V. HUGO.

Il est des jours dans cette vie
Qui sont marqués d'un crêpe noir ;
Des jours où la raison dévie,
Des jours où la joie est ravie,
Des jours où l'on n'a plus d'espoir !

Dans ces jours, la pensée errante
Ne s'arrête qu'aux sombres lieux ;
Le cœur est froid, l'âme souffrante
N'a de regards que pour l'amante
Qui lui sourit du haut des cieux...

Oh ! laissez-moi pleurer, mon frère,
Quand reviennent ces tristes jours ;

Laissez planer ma voix austère
Au-dessus des voix de la terre :
Des morts je me souviens toujours !

31 décembre 1865.

CHANSONNETTE DE PRINTEMPS

A CHARLES MONSELET

Pendant les heures du sommeil,
La jeune fille fait des songes
Tout pleins de séduisants mensonges ;
        Puis, au réveil,
Elle sourit, comme pour dire
Au doux soleil un doux bonjour ;
        Et ce sourire,
        C'est de l'amour.

CH. DOVALLE.

O fille charmante ! poëme vivant de
jeunesse, au rire sonore et au chant
joyeux ! vous qui êtes la sœur de Ber-
nerette et de Mimi Pinson ! il faudrait la
plume d'Alfred de Musset pour raconter
dignement votre insouciante et vaga-
bonde course dans les sentiers fleuris de
la jeunesse !

HENRY MURGER.

Gente fillette, Marie,

Feignant ses rêves d'azur,

Fait des fleurs de la prairie

Un nimbe à son front si pur.

Simplette autant que charmante,
Sa vie est calme, et son cœur
S'ouvre à la pensée aimante
Qui précède le bonheur.

La gaîté vivace et folle
Lui chante un refrain joyeux ;
L'espérance qui console
Se mire dans ses doux yeux.

Entre ses lèvres de rose
Un sylphe irait se poser ;
Le sourire y naît sans cause
Et provoque le baiser...

Ame de lutin, esprit d'ange,
Petits pieds, petites mains ;
Puis cette voix de mésange
Qui fait damner les humains !

Telle est Marie : étincelle,
Étoile, fleur ou rayon.
— Pour finir ma jouvencelle,
Il manque un coup de crayon :

Narguant les jours de disette,
Se moquant de la fourmi,
Marie est toujours *Risette*
Et parfois un peu *Mimi*.

25 mars 1866.

TABLE

~~~⋘~~~

Évreux. — Imp. A. HÉRISSEY.

DU MÊME AUTEUR

FEUILLES DE ROSE, poésies. — Préface de
M. Boué de Villiers. — Paris, Renaud,
éditeur, 14, rue Jacob. — Prix : 4 fr.

MARIE DE VALSAYRE, étude biographi-
que. — Paris, chez tous les éditeurs de
musique. — Prix : 4 fr.